Los maravillosos patines de Emma

Nadja
Julie Camel

Traducción: Belén Sánchez Parodi

V&R
EDITORAS

Capítulo 1

Emma descubre
el patinaje sobre hielo

Como todas las mañanas, Emma cruza
el **canal Saint-Martin** para ir a la escuela.
Por lo general, espera ver pasar
el **Bateau-Mouche** para saludar a su mejor
amiga, Aurora, que le devuelve el saludo
alegremente. El padre de Aurora es
el capitán del barco y, a menudo, lleva
a las dos niñas a pasear por el **Sena**.
Pero, este invierno, Emma sabe que
no verá a su amiga.

Aurora se marchó con sus padres en un largo viaje alrededor del mundo. A veces, le envía una postal desde el país en el que está. Emma no puede responderle porque nunca sabe a qué dirección enviar la carta. Echa mucho de menos a Aurora, aunque Iris y Constance sean buenas amigas de la escuela. También conoce a Giacomo y a Joshua, y todos se llevan muy bien.

Unos días antes de las vacaciones de Navidad, la maestra de Emma anuncia a sus alumnos que tiene una sorpresa para ellos: van a aprender a patinar sobre hielo.

Y, cuando sean lo suficientemente habilidosos, ¡irán todos juntos a la pista de patinaje que se monta en los **Campos Elíseos** durante el invierno! Los niños festejan por anticipado, y comienzan a entrenar.

Al principio, se caen con frecuencia, pero se ponen de pie con rapidez y, poco a poco, van progresando. Todos menos Emma. Ella no logra mantenerse sobre los patines y, como tiene miedo de caerse, no se atreve a lanzarse a la pista.

Sus amigos tratan de ayudarla, pero ella
se altera y se pone de mal humor.
Entonces, terminan por no prestarle más
atención y dejan que practique sola.

Giacomo intenta alentarla una última vez.

–Sabes, Joshua y yo tampoco sabíamos cómo hacerlo –dice él–. ¡Y míranos ahora!

Los dos muchachos se lanzan alegremente sobre el hielo para hacerle una demostración.

–Vamos, ahora es tu turno.

Emma se encoge de hombros.

–No se preocupen –dice ella–. Odio patinar. Se tambalea mientras se aferra a la barandilla y de alguna manera llega a una banca. Sentada sola, observa con el ceño fruncido cómo los demás se divierten. Su maestra trata de persuadirla de que se una a ellos, pero no logra animarla.

Un regalo sorpresa

Todos los días, en el aula, solo se habla de la próxima salida. Pero Emma no participa de la alegría general. Poco a poco, se encierra en sí misma. Sus amigos ya no se atreven a acercarse a ella. Emma sufre porque la dejan de lado, pero no sabe cómo hacer para volver a ser parte de la banda.

*¡Ay! Si Aurora estuviera aquí, me
entendería,* piensa ella. *¡Son tan molestos
con sus historias del patinaje! ¡Como
si fuera lo más interesante del mundo!
Es ridículo.*

Ella está muy triste. Una noche, decide
escribirle a Aurora para contarle todas
sus penas. Luego, enrolla la carta y la ata
con una bonita cinta roja que su amiga
le ha regalado.

A la mañana siguiente, cuando camina por el canal, se detiene a la orilla del agua, con la carta en la mano, y la arroja, diciendo: "Pequeña cinta, lleva mi carta a Aurora, te lo ruego".

Emma sabe que eso no es posible, pero escribirla le hizo muy bien. Se queda observando cómo el pequeño rollo baila sobre las ondas del agua, da vueltas y, finalmente, desaparece entre los remolinos. Después de lanzar un profundo suspiro, vuelve a retomar el camino a la escuela.

Finalmente, llega el día tan temido por Emma. Por la mañana, al no verla levantada, la madre va a su habitación y la encuentra en la cama, envuelta entre las mantas.

—Vístete rápido, llegarás tarde.

—Me duele el estómago —susurra en voz baja.

Emma está pálida. La madre se preocupa. Su hija no tiene fiebre, pero parece realmente enferma.

—Qué pena que te pierdas la salida —dice ella—. Pero es razonable que permanezcas en casa. Cuando estés mejor, te prometo que te llevaré a la pista de patinaje sobre hielo.

Emma mueve la cabeza débilmente.
No se atreve a decirle que tiene miedo.

De pronto, suena el timbre. Unos minutos
después, su madre regresa y le entrega
un paquete.

–Es para ti –le dice.

Emma se incorpora sobre la cama
con el corazón palpitante.
Ha reconocido la
escritura: es la de
su amiga Aurora.

Capítulo 3

Patines...
¡maravillosos!

Emma abre su regalo con delicadeza y descubre una fascinante bola de nieve. Dentro de ella, hay unos diminutos patines de hielo sobre una brillante cama de entejuelas. En la base, hay algo escrito: "Ten confianza", lee Emma, con lágrimas en los ojos.

Cuando sacude la esfera, ¡la pequeña cúpula de cristal se abre y los brillos salen, levantan vuelo alrededor de ella por toda la habitación! Los pequeños patines, caídos a sus pies, comienzan a crecer y a crecer, hasta adoptar el tamaño necesario para ella. *Ha recibido mi carta,* piensa la niña con asombro. Emma se viste a toda velocidad y sale corriendo de su habitación.

—Mamá… ¿Puedes llevarme?

—¿Ya no te duele el estómago? —se sorprende ella.

En la pista de patinaje sobre hielo, sus amigos están tan ocupados que no la ven entrar.

Sin decir una palabra, Emma se pone los patines, se levanta, y da un paso tras otro. La invade una sensación maravillosa. No solo se mantiene en perfecto equilibrio, sino que también puede deslizarse con gracia, lanzarse sobre el hielo…

A su alrededor, oye murmullos de asombro.

—¡Miren, es Emma! ¡Emma! ¡Qué bien está patinando!

Poco a poco, la rodean, la toman de la mano y, todos juntos, recorren la pista de hielo. Se deslizan y dan vueltas, felices como reyes.

Cuando Emma regresa a su casa con las mejillas sonrosadas, deja los patines en su habitación. En ese preciso instante, se vuelven minúsculos nuevamente y retornan a su lugar en la pequeña bola mágica que se cierra.

Emma le da un beso al globo de cristal, pensando en su amiga Aurora.

"Es gracias a ti que llegué allí", dice con ternura. "Te extraño mucho, sabes. ¿Cuándo regresas?".

En la base, las letras se borran y forman una nueva palabra que llena de felicidad a Emma: "Pronto".

A jugar con Emma

¿Verdadero o falso?

Constance es la mejor amiga de Emma.

¿Cómo reacciona Emma cuando descubre que no sabe patinar?

1. Se hace el payaso y se burla de sí misma.
2. Se asusta y se enoja.
3. Lo intenta una y otra vez hasta que tiene éxi

¿Cómo confiesa Emma sus penas a su amiga Aurora?

1. La va a ver.
2. La llama por teléfono.
3. Le escribe una carta.

¿Qué ocurre cuando Emma deja los patines mágicos en su habitación?

1. Los patines vuelven a hacerse pequeños otra vez.
2. Los patines desaparecen.
3. Los patines cambian de color.

Respuestas: Falso. 2. 3. 1.

¿Cuáles son los patines de Emma?

1. 2. 3.

Respuesta: 1.

Encuentra la mochila o el estuche que no estén duplicados:

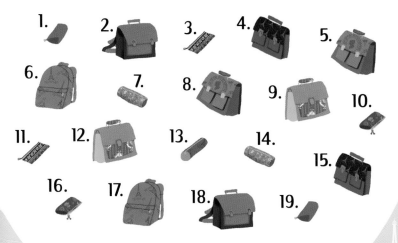

1. 2. 3. 4. 5. 6. 7. 8. 9. 10. 11. 12. 13. 14. 15. 16. 17. 18. 19.

Respuesta: 13.

Dentro de la misma colección podrás encontrar:

¡Tu opinión es importante!

Puedes escribir sobre qué te pareció este libro a
miopinion@vreditoras.com
con el título del mismo en el "Asunto".

Conócenos mejor en:
www.vreditoras.com

VREditorasMexico

VREditoras

Título original: *Les fabuleux patins d'Emma*
Dirección editorial: Marcela Luza
Edición: Margarita Guglielmini y Nancy Boufflet
Armado: Cecilia Aranda

© EDITIONS PLAY BAC, 14bis rue des Minimes, 75003,
Paris, France, 2013
© 2018 Vergara y Riba Editoras, S. A. de C. V.
www.vreditoras.com

México: Dakota 274, colonia Nápoles
C. P. 03810 - Del. Benito Juárez, Ciudad de México
Tel.: (52-55) 5220-6620/6621 • 01800-543-4995
e-mail: editoras@vreditoras.com.mx

Argentina: San Martín 969 piso 10 (C1004AAS)
Buenos Aires • Tel.: (54-11) 5352-9444 y rotativas
e-mail: editorial@vreditoras.com

Primera edición
Primera reimpresión: agosto de 2019

ISBN: 978-607-8614-11-0

Impreso en México en Editorial Impresora
Apolo, S. A. de C. V.
Centeno 150, local 6, Granjas Esmeralda,
Iztapalapa, C. P. 09810, Ciudad de México.